__________, 당신의 이야기를 들려주세요.

"신이 모든 곳에 함께 할 수 없어서,
신은 어머니를 만들었습니다."
_러디어드 키플링

Mom, I Want to Hear Your Story: A Mother's Guided Journal To Share Her Life & Her Love
by Jeffrey Mason

Originally published as Mom, I Want to Hear Your Story in 2019 in the United States of America
by EYP Publishing, LLC.

This edition published by Hear Your Story, an imprint of Sourcebooks.
This Korean translation published by arrangement with Hear Your Story, an imprint of Sourcebooks
through Alex Lee Agency ALA.

엄마, 당신의 이야기를 들려주세요

Mom, I want to Hear Your Story

love

Jeffrey Mason

제프리 메이슨

"어머니, 당신은

이 세상 모든 사랑의 근원입니다."

차례

"아이가 태어날 때,

어머니는 다시 태어납니다."

_길버트 파커

머리말

신을 대신해 이 세상에 온 당신에게

이 세상의 모든 생명은 엄마의 몸에서 태어났습니다. 그래서 엄마는 '신의 대리인'으로 불립니다. 신은 엄마를 이 세상에 내려보내 '사랑'이 무엇인지를 우리에게 가르치고자 했습니다. 그래서 엄마의 다른 이름은 '사랑'입니다. 그래서 사랑의 다른 이름은 '엄마'입니다. 이 세상의 모든 사랑은 엄마의 몸과 마음에서 태어났습니다.

이 책은 엄마로 헌신하느라 잊고 살았던 당신의 어릴 적 꿈과 소녀 시절의 열정, 푸르게 빛났던 청춘의 낮과 밤을 복원합니다. 미래를 고민하는 젊은 당신에게 쏟아졌던 응원과 격려의 메시지들을 되살립니다. 이를 통해 당신이 훌륭한 엄마가 될 자격이 충분했음을 확인합니다. 깊은 사랑을 받은 딸에서, 깊은 사랑을 주는 엄마로 성장한 당신의 지혜로운 인생 여정을 유쾌하게 따라갑니다.

첫아이를 임신했을 때 당신은 얼마나 기뻤을까요?

그 아이가 걸음마를 시작했을 때, '엄마!'라고 처음 발음했을 때 당신은 얼마나 떨리고 벅찼을까요? 아픈 아이의 머리맡에서 밤새 간절한 기도를 올린 당신이 있었기에, 이 세상의 모든 존재는 평안했습니다.

어린 생명을 키우는 데 필요한 모든 지혜와 사랑, 헌신, 깨달음을 이제 당신을 사랑하는 사람들과 기꺼이 공유하세요. 그 아름다운 '공유'가 이 세상을 안전하고 따뜻한 곳으로 만들어나갑니다.

이 책의 첫 장을 열면 오늘날의 당신을 있게 한 사람들의 응원과 사랑을 만나게 될 것입니다. 당신을 씩씩하게 키워낸 시간과 공간들을 재발견하게 될 것입니다. 그 과정에서 당신은 때로는 눈물을 글썽이다가 때로는 박수를 치며 활짝 웃을 것입니다. 당신의 삶에 이렇게나 많은 이야기들이 간직되어 있었다는 사실에 깜짝 놀랄 것입니다. 그 빛나는 이야기들을 이제 당신이 그 누구보다 사랑하는 자녀들에게 아낌없이 꺼내 보여주세요. 희생과 헌신에 가려진 당신의 참모습을 만나는 순간 당신의 자녀들은 생생하게 깨닫게 됩니다.

당신이 신을 대신해 이 세상에 온 위대한 '사랑'이라는 것을.

엄마, 당신의 이야기를 들려주세요

당신은 지금껏 너무 가족과 자녀의 이야기에만 귀 기울여왔을지도 모릅니다. 그래야만 엄마로서의 의무와 책임을 다하는 것이라고 생각해왔을지도 모릅니다. 마치 물과 공기처럼, 빛과 그림자처럼 오직 가족만을 위해 살아왔기에, 당신 스스로도 당신 삶이 얼마나 소중한지에 대한 인식을 뚜렷하게 갖지 못했을 것입니다.

이제 당신의 이야기를 들려주세요. 가족을 위한다는 명목으로 계속 투명인간으로 살아가면, 당신의 자녀들은 당신의 헌신과 희생을 당연한 것으로 생각하고 맙니다. 엄마의 역할이 '당연한 것'이 아닌 '고귀하고 가치 있는 것'으로 자녀의 마음 속에 각인될 때 비로소 진정한 사랑이 엄마와 자녀 사이에서 피어납니다.

엄마에 대해 구체적으로 알게 된 자녀는 더 진실하고 더 깊은 대화의 장으로 당신을 초대합니다. 당신에게 속 깊은 고민을 털어놓고, 누구에게도 누설하지 않은 비밀들을 당신과 공유합니다. 이 책의 목적이 바로 이 '공유'에 있습니다.

공유할 것이 없는 관계는 더 이상 기대할 것이 없는 관계입니다. 얼마나 많은 부모와 자녀가 기대할 것이 없는 관계 속에서 살아가는지는 새삼 놀라울 것도 없습니다. 서로의 말과 이야기에 귀 기울이는 '공감'을 만들어내는 것, 그것이 곧 엄마로서 살아가는 당신의 궁극적인 목적이 될 것입니다. 가만히 생각해보세요. 탄탄한 공감이 밑받침되는 관계가 서로의 삶에 얼마나 힘이 되어주는지를요.

이 책이 그 과정을 지혜롭게 도울 것입니다.

이 책은 당신의 작고 아름다운 자서전입니다

이 책에 담긴 질문들은 당신에게 한 권의 자서전을 완성할 수 있는 영감과 단서를 제공합니다. 진실한 마음을 열어 질문들에 집중해보시기 바랍니다. 당신의 삶이 조금씩 조금씩 아름답게 복원되어 그 모습을 드러내기 시작하면, 당신도 모르게 이 책에 푹 빠져들고 말 것입니다. 그렇게 완성한 당신만의 기록, 당신의 자서전을 자녀들에게 선물하세요.

그러면 그들은 이 책을 가지고 한 편의 드라마를 만들어낼 것입니다.
그러면 그들은 이 책을 가지고 한 편의 영화를 만들어낼 것입니다.
그러면 그들은 이 책을 가지고 한 편의 소설을 만들어낼 것입니다.
그러면 그들은 이 책을 가지고 한 편의 서사시를 만들어낼 것입니다.

그리하여 당신, 당신의 인생, 당신의 이 자서전은 영원히 사람들의 가슴에 남는 아름다운 걸작이 될 것입니다.

"어머니는 인류가 입술로 표현할 수 있는
가장 아름다운 단어입니다."
_칼릴 지브란

love

1장

누군가의 딸로 태어나다

당신의 생일은 언제인가요?

생년 / 생월 / 생일

몇 시에 태어났습니까?

: (오전/오후)

당신의 이름을 적어보세요.

당신의 이름에는 어떤 의미가 담겨 있나요?

지금의 당신이, 그때 막 태어난 당신에게 이름을 지어준다면요?

어느 도시에서 태어났나요?

병원에서 태어났나요, 병원이 아니면 어디에서요?

태어났을 때의 몸무게와 키를 기억하나요?

당신이 태어났을 때 부모님의 나이는 어떻게 되셨나요?

태어났을 때 이미 언니, 오빠가 있었나요? 그들은 몇 살이었나요?

세상에 던진 당신의 첫 마디는 무엇이었을까요?

출생 몇 개월 만에 걷기 시작했나요?

당신이 태어난 날과 관련해 특별히 들은 이야기가 있다면요?
예를 들어 태몽이라든지, 출산예정일보다 일찍 태어났다든지 등등이요.

부모님은 갓난아기인 당신을 어떻게 추억하고 계시나요?
부모님이 당신을 부르던 애칭이나 별명 같은 게 있었나요?

아기인 당신을 특히 누가 세심하게 돌봐주었나요?

재미있는 옷을 입고 찍은 아기 때 사진을 갖고 있나요?
그것에 대해 들려주세요.

아기 때 당신은 순둥이였나요?

당신을 편안한 잠에 빠지게 한 자장가가 있었나요?
생각나는 가사나 리듬을 적어보세요.

"인생은 잠에서 깨어나
어머니의 사랑스러운 얼굴을 보는 것으로부터 시작됩니다."
_조지 엘리엇

당신이 태어난 해에 세상을 뒤흔든 사건이나 이벤트가 있었나요?
(인터넷 검색을 해도 좋아요)

당신이 태어난 해 미국 아카데미 시상식에서 작품상을 받은 영화는요?
여우주연상은 누가 탔습니까?

당신이 아기였을 때 흥행했던 영화들은 무엇이었나요?

가장 인기를 끌었던 노래들은요?

장안의 화제였던 TV 프로그램들은요?

그 시절, 물가는 어땠나요?

자장면 한 그릇 :

커피 한 잔 :

달걀 한 줄 :

버스 요금 :

운동화 한 켤레 :

"언제가 꼭 어린 시절로 돌아가고 싶습니다.
뭔가를 바꾸고 싶어서가 아니라,
정말 행복했던 몇몇 감정들을
다시 한 번 충만하게 음미하고 싶어서입니다."

2장

어릴 적 꿈은 무엇이었습니까

당신의 유년 시절을 상징하는 단어 세 개를 적어보세요.

당신은 어떤 아이였나요?

초등학교에서 친구들이 지어준 별명은 무엇이었나요?
왜 그런 별명을 갖게 됐나요?

유년 시절, 가장 좋아했던 놀이나 스포츠는요?

악기나 춤, 그림 등 예술 과외 수업을 받았었나요?
그런 수업들이 즐거웠나요?

하기 싫었지만 해야만 했던 일들은요?

그 시절, 용돈은 얼마나 받았나요?

용돈이 생기면 주로 어디에 썼어요?

어릴 적 당신의 꿈은 무엇이었나요?

초등학생 때 가장 친했던 친구들은 누구였어요?
아직도 연락이 되는 친구가 있나요?

그 시절, 좋아했던 만화나 영화는요?

매일 흥얼거렸던 노래는요?

친구들과 즐겁게 흉내냈던 코미디언이나 배우가 있었나요?

애착 장난감이 있었나요?

당신의 유년 시절에 가장 큰 영향을 끼친 책은요?

저금통을 헐어서 꼭 사고 싶었던 것들은요?

초등학생 때 잊지 못할 선생님이 계셨나요?

그 선생님은 당신을 어떻게 가르치셨나요?

키웠던 반려동물들이 있었나요?

그 반려동물들과의 추억에 대해 들려주세요.

"유년 시절을 항상 품에 간직하고 다니면
결코 나이 들지 않습니다."
_아브라함 수츠케버

유년 시절을 떠올릴 때마다 행복해지는 따뜻한 추억, 이야기가 있나요?

딱 하루만 그 시절로 돌아갈 수 있다면, 무엇을 하고 싶나요?

"어머니는 그 누구도 대신할 수 없는 존재이자,
모든 사람을 대신할 수 있는 존재입니다."
_추기경 머밀로드

3장

그립고 그리운, 푸르고 푸른 10대 시절

당신의 10대 시절을 잘 표현하는 단어 세 개는요?

당신의 10대 시절에 대해 생각나는 것들을 묘사해봐요.

고등학생 때 당신의 헤어 스타일과 패션은요?

그 시절, 가장 친했던 친구 세 명은요? 그들과의 마지막 장면이 기억나나요?

친구들에 대해 부모님이 하셨던 인상적인 말씀은요?

지금도 새록새록 추억이 돋는 동아리나 모임이 있었나요?

고등학생 때 주말 밤에는 주로 무엇을 했나요?

친구들과의 비밀 아지트가 있었나요? 소개 좀 해주세요.

부모님이 정해놓은 귀가 시간이 있었나요?

당신은 모범생이었습니까?

그 시절, 야단을 맞아 눈물을 쏙 뺐던 경험이 있나요?

고등학생 때 데이트를 해보았나요?

지금도 종종 떠오르는 남학생은요?

10대 시절, 학교 축제의 추억들을 묘사해봐요.

끝내 화해하지 못한 사람이 있었나요?

당신의 우상은 누구였습니까?

공부가 중요했던 그 시절, 가장 힘이 되어준 격려나 응원이 있었다면요?

몇 년도에 고등학교를 졸업했나요?

고등학생 때 한 반 정원이 몇 명 정도였나요?

고등학교 3학년 때 당신의 성적은 어느 수준이었나요?

가장 좋아했던 과목은요?

가장 싫어했던 과목은요?

고등학생 시절, 가장 좋았던 점은요?

학교를 빼먹은 적 있나요?

학교 가기 정말 싫은 날, 어디를 가고 싶었나요?

10대로 다시 돌아갈 수 있다면, 꼭 도전해보고 싶은 일은요?

여름방학에는 어떻게 지냈나요?

방학 때 했던 아르바이트가 있었나요? 아니면 꼭 해보고 싶었던 아르바이트는요?

그때 처음으로 당신 힘으로 벌어봤던 돈은 얼마였나요?

"작은 순간들이 모여
빛나는 인생이 됩니다."

좋아했던 영화와 영화 감독은요?

TV 프로그램은요?

탐독했던 책들은요?

어떤 장르의 음악을 좋아했나요?

열광했던 밴드나 뮤지션은요?

그 시절 당신이 사랑했던 것들이 지금의 당신을 만들었나요?

당신은 혼자 방을 썼나요?

당신 방의 벽지는 무슨 색깔이었나요?

벽에는 무엇이 걸려 있었나요?

책상 위에는 무엇이 놓여 있었을까요?

그 시절, 당신의 방이나 집에 이름을 붙여본다면요?

10대 시절, 일상에서 탈출해 가장 멀리 간 곳은 어디였나요?
그곳에는 왜 갔었나요?

10대의 당신에게 편지를 써주세요.

10대 시절, 꽁꽁 숨겨두었던 이야기들을 꺼내보세요.

"정말 흥미롭지 않나요?
하루하루 바뀌는 게 하나도 없는 것 같은데,
돌아보면 하루하루, 매 순간이 모두 다르다는 게?"
_C.S. 루이스

4장

청춘을 지나 성숙한 어른으로

고교 졸업 후 당신은 무엇을 했나요? 직업을 가졌나요?
대학에 갔나요?

고교 졸업 후 왜 그런 길을 선택했나요?

지금 돌이켜보면 그때 그 선택이 최선이었나요?

스무 살로 돌아간다면, 가장 해보고 싶은 것은요?

고교 졸업 후 당신은 무엇을 가장 먼저 배웠나요?

당신의 20대를 묘사해보세요.

20대 시절, 큰 깨달음이나 교훈을 얻었던 소중한 실패 경험은요?

20대 시절과 지금의 당신, 결정적으로 변화한 것들은 무엇인가요?

이제 막 스무 살이 된 청춘들에게 조언을 준다면요?

"어머니는 아주 잠시 동안만 아이들의 영혼을 맡아 보살핍니다.
하지만 어머니의 그 마음은 영원합니다."

20대 시절, 당신의 삶을 전진시킨 원동력은 무엇이었나요?

당신의 첫 월급은 얼마였나요?

부모님과 갈등은 없었나요? 어떻게 설득하고 해결했나요?

누군가에게 고백받은 적 있나요? 고백을 한 적은요?

그 시절, 당신의 불안과 두려움을 털어놓을 대상이 있었나요?

어떤 미래, 어떤 일을 열망했습니까? 그 열망은 실현되었나요?

20대에 당신은 어디에서 살았나요? 동네 이름이나 주소가 기억나나요?

거처를 자주 옮겼나요, 한 곳에서 오래 살았나요?

당신의 방, 당신의 집을 자주 찾아온 사람은요?

20대 시절, 당신에게 일어났던 가장 근사한 일은요?

스물아홉 당신에게, '서른'은 어떤 의미였습니까?

"찢어진 주머니에 두 손만 찔러 넣고 떠나도
좋은 것이 청춘이라네!"
_체 게바라

5장

당신을 키운 가족은 누구입니까

유년 시절, 당신의 가족을 단어 세 개로 표현하면요?

성장하는 동안 가족과 저녁식사를 한 주에 몇 번 정도 함께 했나요?

어릴 때 가족과 당신이 가장 좋아했던 음식은 무엇이었나요?

그 시절, 식사 자리에서 대화의 주제는 무엇이었나요?

그 시절, 요리를 잘했던 가족은 누구였습니까?

10대 시절, 당신의 가족은 식사가 끝나면 주로 무엇을 했나요?

예전에는 참 먹기 싫었는데, 지금은 잘 먹는 거는요?

고개를 젓는 어린 당신에게 밥을 먹이기 위해 부모님이 하셨던 행동은요?

당신의 가족에게 '없었던 것'은 무엇이었나요?

당신의 가족에게 '있었던 것'은 무엇이었나요?

성장하면서 가족과 함께 해서 신나고 행복했던 날은 언제였습니까?

가족에게 받은 잊지 못할 선물이 있습니까?

크면서 가족에게 들은 가장 큰 칭찬은 무엇이었나요?

가족은 당신의 성장기에 어떤 영향을 미쳤나요?

어떤 고난이나 좌절, 실패를 맞이했을 때 가족들이 서로 힘을 합쳐 그 난관을 슬기롭게 극복했던 경험에 대해 적어보세요.

과거 당신의 성장 환경과 당신 자녀의 성장 환경을 비교해본다면요?

가족 중 누가 당신을 가장 자랑스러워했나요?

시간은 관점을 변화시키기도 하죠. 당신의 성장 과정에 대한 당신의 생각과 감정은 지금 많이 바뀌었나요? 드라마틱한 변화가 있다면 소개해주세요.

"인생은 당신을 발견해나가는 여정이 아닙니다.
당신을 창조해나가는 여정입니다."
_조지 버나드 쇼

젊은 시절, 잊지 못할 가족 여행에 대해 들려주세요.

돌이켜볼 때 가장 고마웠던 가족은 누구입니까?
그에게 감사의 말을 남겨보세요.

"가족은 한 그루 나무에 달린 가지들과 같습니다.
우리는 저마다 다른 방향으로 인생을 뻗어나갑니다.
하지만 우리의 뿌리는 영원히 하나입니다."

6장

당신은 누구의 자손입니까

나의 할아버지의 아버지

나의 할아버지의 어머니

나의 할머니의 아버지

나의 할머니의 어머니

나의 아버지의 아버지

나의 아버지의 어머니

나의 아버지

나의 외할아버지의 아버지

나의 외할아버지의 어머니

나의 외할머니의 아버지

나의 외할머니의 어머니

나의 어머니의 아버지

나의 어머니의 어머니

나의 어머니

7장

오래된 뿌리를 찾아가는 여행

어머니의 이름은 무엇입니까?

어머니는 어디에서 태어나셨나요?

어머니는 어디에서 성장하셨나요?

아버지의 이름은 무엇입니까?

아버지는 어디에서 태어나셨나요?

아버지는 어디에서 성장하셨나요?

'어머니' 하면 생각나는 단어들이 있나요?

당신은 어머니와 어떤 면이 가장 많이 닮았나요?

어머니의 어떤 면을 존경하나요?

'아버지' 하면 떠오르는 단어들이 있나요?

당신은 아버지와 어떤 면이 가장 많이 닮았나요?

아버지의 어떤 면을 존경하나요?

언제 어머니가 가장 그립나요?

어머니가 젊은 시절에 찍은 사진을 갖고 있나요? 그 사진에 대해 들려주세요.

당신의 부모님은 서로 어떻게 만나게 되셨나요?

두 분은 각각 서로 몇 살 때 처음 만나셨나요?

언제 두 분은 결혼하셨나요? 그때 두 분의 나이는요?

두 분의 결혼식에 대해 들은 이야기가 있나요?

부모님의 취미, 특기, 관심사는 무엇이었나요?

부모님은 성장기에 어떤 교육을 받으셨나요?

부모님의 직업은요?

당신이 젊었을 때, 부모님이 늘 강조하셨던 것은요?

어머니와의 즐거웠던 추억에 대해 적어보세요.

"나의 모든 것은,
나의 어머니로부터 출발했습니다."
_조지 워싱턴

아버지와의 즐거웠던 추억에 대해 적어보세요.

할아버지는 어떤 일을 하셨나요?

할머니는 어떤 고난과 역경을 겪으셨나요?

조부모님은 당신에게 어떤 사랑을 주셨나요?

친척들은 어떤 사람들이었는지 묘사해보세요.

친척들 중에서 가장 흥미로운 삶을 산 사람은요?

항상 당신의 편이었던 친척은 누구였나요?

지금 꼭 도와주고 싶은 친척은요?

가문을 빛낸 친척은 누구입니까?

자녀와 손자들에게 물려주고 싶은 가문의 전통이나 가훈이 있다면요?

"우리는 자녀들에게 두 가지 선물을 할 수 있습니다.
하나는 뿌리입니다. 다른 하나는 날개입니다."

8장

친애하는 형제자매를 소개합니다

당신은 외동입니까, 형제자매가 있습니까?

형제자매가 있다면, 몇남몇녀 중 몇 째입니까?

당신의 서열에 만족하시나요?

당신을 포함해 형제자매의 이름을 순서대로 적어보세요.

어렸을 때 가장 친했던 형제자매는 누구인가요?

어른이 되어 가장 친해진 형제자매는 누구인가요?

자라면서 존경심이 들었던 형제자매는 누구인가요?

어렸을 때 형제자매들과의 강렬했던 추억이나 인상은요?

당신의 형제자매는 각각 어떤 미래를 선택했나요?

한 방을 같이 썼던 형제자매는 누구였나요?

사람들에게 인기가 많았던 형제자매는요?

사랑하는 형제자매들에게 짧은 편지를 남겨보세요.

"엄마가 된다는 것은 당신의 심장이
더 이상 당신의 것이 아니라는 것을 의미합니다.
엄마의 심장은 늘 아이들이 있는 곳을 찾아 헤맵니다."
_조지 버나드 쇼

9장

마침내 엄마가 되다

당신은 몇 살에 엄마가 되었나요?

첫아이를 임신했다는 사실을 알았을 때 어떤 생각과 감정이 들었나요?

첫아이 임신 소식을 누구에게 가장 먼저 알렸나요?

가장 먼저 소식을 들은 사람의 반응은 어땠나요?

뱃속 아기의 초음파 사진을 처음 봤을 때 기분이 어땠나요?

뱃속 아기가 처음 발로 배를 찼을 때 기분이 어땠나요?

임신 기간 중 가장 먹고 싶었던 음식은 무엇이었나요?

당신의 아이들을 임신했을 때 가장 즐거웠던, 가장 경이로웠던 기억은 무엇인가요?

처음 아기를 안아보았을 때 느낌이 어땠나요?

아기들의 이름은 어떻게 지어졌나요?

이름을 지을 때 반대 의견은 없었나요? 어떻게 설득하고 조율했나요?

특별했던 태몽에 대해 들려주세요

언제 비로소 엄마가 되었다는 사실을 생생하게 깨달았나요?

아이들이 태어났을 때의 키와 몸무게를 적어보세요.

아이들은 몇 개월이 됐을 때 걸음마를 시작했나요?

당신이 어떤 행동을 했을 때 아기들이 활짝 웃었나요?

아이들을 재우는 당신만의 노하우는 무엇이었나요?

아이들에게 읽어주었던 책들을 기억하나요?

엄마가 되었다는 사실이, 당신의 삶에 어떤 영향을 미쳤나요?

엄마가 된다는 것의 가장 좋은 점은 무엇인가요?

당신의 아이들은 왜 사랑스러웠나요?

이제 막 엄마가 된 젊은 여성들에게 조언을 해준다면요?

"내가 성공을 했다면, 그건 오직
천사 같은 어머니 덕분이었습니다."
_에이브러험 링컨

아이들을 키우면서 당신 부모님에 대해 더 잘 이해하게 된 점은 무엇인가요?

아이들을 위해서라면, 당신은 무엇까지도 할 수 있을 것 같나요?

사랑하는 자녀에게 편지를 남겨보세요.

"어머니를 깊이 사랑하나요?
우리가 깊이 사랑하는 것은 우리의 가장 소중한 일부가 됩니다."
_헬렌 켈러

10장

사랑에 관한 짧은 필름

첫눈에도 사랑에 빠질 수 있다고 생각하나요?

소울메이트가 있다고 믿나요?

짝사랑했던 상대가 기억나나요?

첫 번째 연애다운 연애는 몇 살 때였나요?

부모님이 반대했지만 몰래 만났던 사람이 있나요?

젊은 시절, 당신의 이상형에 대해 묘사해보세요.

당신은 남편을 어떻게 만나게 됐나요?

남편이 먼저 데이트 신청을 했나요?

남편과의 첫 데이트에서 무엇을 했나요?

첫 데이트 후 남편에 대한 생각이나 인상이 바뀌었나요?

남편과 만나면서 '아, 이 사람과 결혼하겠구나!'라는 생각이 처음 들었던 것은 언제였나요?

남편의 한결같은 면은 무엇인가요?

남편과의 결혼은 운명이었나요, 노력의 결과였나요?

남편과의 결혼 약속을 누구에게 가장 먼저 알렸나요?

당신의 결혼 소식을 들은 주변의 반응은 어땠나요?

누가 먼저, 어떻게 프로포즈를 했습니까?

첫 데이트에서 결혼까지의 과정에서, 가장 큰 난관은 무엇이었나요?

결혼식은 어디에서 했습니까?

피로연은 어땠나요?

잊지 못할 하객이 있었나요?

결혼식에 참석한 남편의 친구들과 당신의 친구들 사이에서 일어난 재미있는 에피소드는요?

인상 깊었던 주례사 한 구절은요?

결혼식에서 울지는 않았나요?

가장 많은 축의금을 준 사람은요?

결혼식에서 가장 고마웠던 사람에게 감사를 전하세요.

지금도 기억하고 있는 결혼식의 장면들을 여기에 묘사해보세요.

신혼여행은 어디로 갔나요?

다시 태어나도 지금의 남편과 결혼하겠습니까?

"온갖 실패와 불행을 겪으면서도
인생의 신뢰를 잃지 않는 사람들은 모두
훌륭한 어머니의 품에서 자라났기 때문입니다."
_앙드레 모루아

11장

오늘날의 당신을 만든 것들

만일 자서전을 쓰게 된다면, 제목을 어떻게 붙이실 건가요?

당신이 좋아하는 인용구, 경전 속 구절, 기도문은 무엇인가요?

무엇이든 가질 수 있다면, 어떤 초능력을 선택하시겠습니까?

현재 당신의 가장 큰 두려움이나 고민은 무엇입니까?

1년 동안 꼭 살아보고 싶은 나라는요?

당신을 완전히 바꿔놓은 여행 경험이 있나요?

여행지에서 맛 본 최고의 음식은요?

여행에서 있었던 잊을 수 없는 에피소드들을 적어보세요.

당신이 여행한 도시들 중 가장 좋았던 곳을 선정해보세요.

1. ____________________

2. ____________________

3. ____________________

4. ____________________

5. ____________________

6. ____________________

7. ____________________

8. ____________________

9. ____________________

10. ____________________

앞으로 꼭 여행하고 싶은 도시들을 선정해보세요.

1. ______________________________

2. ______________________________

3. ______________________________

4. ______________________________

5. ______________________________

6. ______________________________

7. ______________________________

8. ______________________________

9. ______________________________

10. ______________________________

당신이 가장 좋아하는 것들의 목록을 만들어보세요.

1. ______

2. ______

3. ______

4. ______

5. ______

6. ______

7. ______

8. ______

9. ______

10. ______

당신의 음악 취향은 어떻게 변화해왔나요?

처음으로 산 레코드(카세트 테이프, CD 포함)는 무엇이었나요?

처음 갔던 공연, 콘서트는요?

꼭 만나보고 싶은 유명인은 누구입니까?

당신의 삶을 한 편의 영화로 만든다면, 그 제목은요?

그 영화의 장르는 로맨틱 코미디입니까, 스릴러입니까, SF입니까?

당신의 역할로 어떤 배우를 캐스팅하고 싶나요?

당신의 가족으로는 어떤 배우들이 적격일까요?

당신의 인생 영화들을 선정해주세요.

1. ______

2. ______

3. ______

4. ______

5. ______

6. ______

7. ______

8. ______

9. ______

10. ______

1년에 몇 권의 책을 읽나요?

가장 좋아하는 책의 장르는요?

당신을 포함해 세상의 극소수만 알고 있는 작가는 누구입니까? 소개해주세요.

당신의 일과 삶에 중요한 영향을 미친 책들은요?

최근 1년을 돌아봤을 때 가장 행복했던 순간은요?

당신 삶의 기쁨과 만족은 무엇입니까?

자부심을 가질 만한 당신의 성취나 업적에 대해 알려주세요.

행운과 노력이 조화를 이루어 얻은 결실이 있었나요?

인생의 목적이 무엇이라고 생각합니까?

젊었을 때 성공에 대한 당신의 정의는 무엇이었나요?

지금 당신은 성공을 어떻게 정의하나요?

당신이 굳게 믿는 것은 무엇입니까?

당신이 절대 믿지 않는 것은 무엇입니까?

"당신이라는 존재는 신의 선물입니다.
당신이 기꺼이 당신 자신이 되는 것은
신을 위한 당신의 선물입니다."
_한스 우르스 폰 발타자르

믿음이나 신념이 극적으로 변화한 순간이 인생에서 있었나요?

마음을 다스리는 당신만의 지혜는 무엇인가요?

당신에게 가장 힘이 되어준 사람들에게 감사의 인사를 전해보세요.

지금 당신이 힘이 되어주어야 할 사람들에게 응원의 한 마디를 전해보세요.

믿음이 무너지고, 감정적으로 매우 힘들었던 시기가 있었나요? 어떻게 극복했나요?

뭔가에 도전할 때 필요한 힘과 강한 동기부여, 인내심은 어떻게 얻나요?

20대와 30대의 젊은 세대에게 최고의 삶을 사는 방법에 대해 조언을 해줄 수 있나요?

그리고 20대와 30대에 인생에 대해 어떤 교훈을 얻을 수 있다고 생각하나요?

이제 남은 페이지들은 당신이 자유롭게 완성하세요. 소중하게 간직하고 있는 사진을 붙여도 좋고 그림을 그려 넣어도 좋아요. 더 많은 추억과 기쁨, 행복, 생각들을 사랑하는 사람과 공유하세요.

사랑하고 존경하는 나의 엄마, 당신의 못다 한 아름답고 감동적인 이야기를 들려주세요.

지은이 제프리 메이슨Jeffrey Mason
제프리 메이슨은 2018년 알츠하이머를 앓는 아버지의 투병을 지켜보며 그의 삶을 보존하고 복원하기 위해《아빠, 당신의 이야기를 들려주세요(Dad, I want to Hear Your Story)》를 집필했다. 이 책의 놀라운 성공에 힘입어 그는《엄마, 당신의 이야기를 들려주세요(Mom, I want to Hear Your Story)》를 후속작으로 선보였는데, 이 두 권의 책은 아마존 젊은 독자들이 '부모에게 가장 많이 선물하는 책'으로 폭발적인 반응을 끌어냈다. 그후 그는 본격적으로 'Hear Your Story(hearyourstorybooks.com)'라는 회사를 창업했고, 자신이 살아온 이야기를 한 권의 기록으로 남기고자 하는 독자들의 열망을 돕는 일을 하며 세계적인 명성을 얻었다. 아빠, 엄마의 인생 이야기에서 출발한 'Hear Your Story' 시리즈는 오늘날 인류의 소중한 가치를 후대에 전하는 아름답고 가치 있는 프로젝트의 하나로 전 세계 독자들에게 뜨거운 사랑을 받고 있다.

Hear Your Story(hearyourstorybooks.com)
제프리 메이슨이 창업한 이 회사는 오래된 삶에서 깨달은 지혜와 성찰을 사랑하는 사람들과 나누고자 하는 독자들의 꿈을 돕는다. Hear Your Story는 모든 사람의 내면에는 세대를 거쳐 전해져야 하는 보물 같은 추억과 이야기가 있다고 믿는다. Hear Your Story는 알츠하이머가 한 아버지의 아름답고 창의적인 삶과 추억을 훔쳐가는 것을 막기 위한 열정적인 한 아들의 노력에서 출발했다. 이 세상에 존재하는 한 사람, 한 사람의 이야기를 보존하는 것이 인류의 소중한 유산을 후대에 전하는 가장 지혜로운 방법임을 Hear Your Story는 잘 알고 있다.
Hear Your Story가 만드는 모든 책은 당신과 당신이 사랑하는 사람 사이를 잇는 아름다운 다리가 되어준다. Hear Your Story를 방문하는 순간, 당신은 사랑하는 사람과 마주 앉아 미소를 짓고, 따뜻한 말을 건네고, 서로의 연결이 깊어지는 놀라운 경험을 하게 될 것이다. 그리고 깨닫게 될 것이다. 인류가 여기까지 진화해온 것은 결국 서로 사랑하는 사람들이, 서로의 이야기에 귀 기울여왔기 때문이라는 것을.

옮긴이 오영진
대학에서 철학과 경제학을 공부하고 다양한 책을 만드는 출판기획자로 일하고 있다. 세상에 숨어 있는 보석 같은 책들을 발굴해 독자들에게 널리 알리는 사명을 갖고 있다.

엄마, 당신의 이야기를 들려주세요.

1판 1쇄 발행 2025년 4월 28일

지은이 제프리 메이슨
옮긴이 오영진
발행인 김진갑
발행처 토네이도미디어그룹(주)
기획편집 박수진 박민희 유인경 박은화 김예은
디자인팀 김현주 강재준
마케팅팀 박시현 박준서 김수연 박가영
경영지원 이혜선

출판등록 2006년 1월 11일 제313-2006-15호
주소 서울시 마포구 월드컵북로5가길 12 서교빌딩 2층
원고 투고 및 독자 문의 midnightbookstore@naver.com
전화 02-332-3310 팩스 02-332-7741
블로그 blog.naver.com/midnightbookstore
페이스북 www.facebook.com/tornadobook

ISBN 979-11-5851-314-6 (04840)
979-11-5851-315-3 (세트)

토네이도는 토네이도미디어그룹(주)의 자기계발/경제경영 브랜드입니다.

값 17,800원